詩集

ひらがなの朝

高階杞一

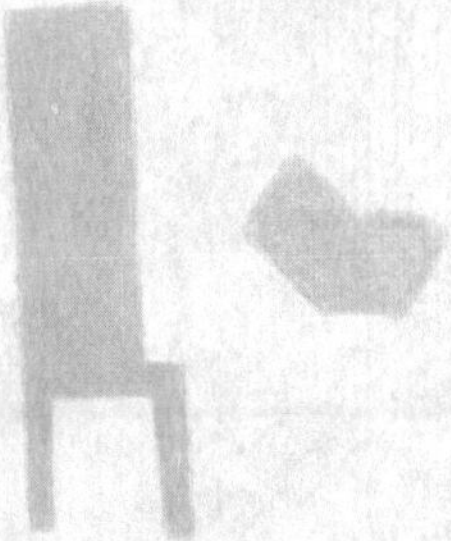

澪標

ひらがなの朝　目次

Ⅱ　海の贈り物

Ⅲ　ひらがなの朝

装幀　上野かおる

ひらがなの朝

ちょうちょ

ちょうちょを見ていると
次はちょうちょになれたらな
なんて思えてきます
誰にいやがられることもなく
誰のじゃまもせず
自由に
草木の間を舞っている
次に生まれてくるときは
　あんなふうになれたらなあ……

春の終わり
余白のような午後

縁側に坐って
ひとり庭を眺めていると
こっちよ
と
どこか遠い草むらから
誰かに
呼ばれているように思えてきます

I

春の足し算

春の足し算

庭の老いた梅の木に
花が二つ三つ
咲きはじめたな
と思ったら
どこからか鳥がきて
あちらこちらに
五羽六羽

まだ風は冷たいけれど
春は
足し算で増えていく

窓辺に坐った犬は

ときおり庭に向かって吠える
誰も
そこにはいないのに
　　犬には何か見えているのかな

老犬二頭
老人二人
こんな引き算しかない家にも
春は来て

朝の会話

女性は87歳
男性は81歳か……

何が？
平均寿命

新聞から目を上げて
そうしたら
僕の寿命もあと15年ぐらいかな
とつぶやくと
とつぜん妻の目から涙があふれてきた

あと15年　が

具体的な時間となって
胸に迫ってきたようだ

アホやなあ
あと15年で死ぬと決まったわけではないし
と笑う

そうやけど
と
目に涙をためたまま
妻も笑う

庭先に初夏のみどりが映える
ある朝の
たわいない夫婦の会話

クギヌキさん

おまえは小児脚気で死にかけたんだよ
クギヌキさんが助けてくれた
と死んだ祖母がよく言っていた
クギヌキさんは近所の病院の名前
三つのときまで住んでいた大阪の
天満のどこか
近くには大川が流れ
夏には天神祭のお囃子も聞こえていたにちがいない
今は
クギヌキ先生も
病院も
たぶんない
死にかけていたぼくはこんなにも長く生き

記憶のかけらもないが
ときおり
うす暗い診察室で
ぼくの小さな胸に聴診器をあてている
初老のクギヌキ先生の姿が
ぼんやりと
浮かぶ
うしろには
今のぼくより若い祖母もいて……

川は流れ
ひとは二度と同じ水にはさわれない
と言ったのは
誰だったか
年々
忘れることばかりが
ふえていく

桃の花

昔々
あるところに
おじいさんとおばあさんがいました
人里はなれた山に住み
二人だけで
つつましく暮らしていました

ある日
おじいさんがいつものように川で漁をしていると
上から　どんぶらこ
どんぶらこ　と
大きな桃が流れてきました
おじいさんは驚いて

川へとびこみ
その桃をつかまえて
家に持って帰りました

――なんとまあ立派な桃だこと
と　おばあさんも驚きながら
お膳に置かれた桃に
庖丁をあてました
すると
桃はぱっくり二つに割れて
中から赤児が出てきました
それはそれはかわいい男の子でした
こどものいない二人は喜び
その子に桃太郎と名前を付けて
大事に大事に育てました
でも
たったの四年で

その子は病気で死にました
おじいさんもおばあさんもおいおいと泣き
泣きながら
その亡きがらを庭に埋めました

それから長い月日が経って
今ではここに
おじいさんのいたことも
おばあさんのいたことも
誰も知りません
川のそばには
朽ちた家がぽつんと残り
庭には
桃の木がいっぽん立っているばかり

誰も見る人はいませんが
この春も

その桃の木に
いっぱい桃の花が咲きました

句点をつけて

今日も
二匹の犬に引っぱられ
右へ行ったり　左へ行ったり
こんなに元気そうなのに
この子らも
やがてここから去っていくのかな

昨日までの激しい雨もやみ
今朝は澄みきった青い空
白い雲が
目次のように
ぽつん　ぽつんと　うかび

犬は

立ち止まったり
走ったり

ニンゲンには句読点があるけれど
犬には
読点しかないのかも

遠い日
まだ物語がはじまったばかりだというのに
小さな句点をつけて
とつぜん
終わってしまったことも

古い草をかきわけて
失くしたページをひろい集めていけば
そのどこかに
今も　君はいるのかな

フタ

たいていの容器には
フタがあって
中の物がこぼれたり
湿気たり
しないようになっている
が
人間にはフタがない
ので
ときどき
こぼれたり
湿気たりすることがある
大切なものを失って

体から
激しくあふれてくるものがあっても
とめられない

醤油の瓶のように
傾けたときにだけ
思いを
出せるようになっていればいいいんだけれど

　　ごめんね　ごめんね

春
ふりそそぐ光の中で
あふれてくるものが
とまらない

サザエさんの日々

丸いポスト
土管の転がる空地
ザリガニの泳ぐ用水路
ロバのパン屋
こどもたちのはしゃぐ声

ひろげた手のひらの川を
さかのぼっていけば
そんな
町が見えてくる

*

歯医者の待合室で
タラオはテレビを見ていた
一九六四年
ウサギとカメが組み合って
ウサギが投げ飛ばされた日だった
まわりの大人は拍手喝采
日の丸があがり
表彰台ではカメがVサイン
カメがウサギを投げ飛ばすとは前代未聞だが
Vサインをするカメには
もっと驚いた
（カメにも指があるんだなあ……）
タラオ
中学一年生

＊

ワカメは最近悩んでいる
恋がうまくいかなくて
恋なんて
うまくいかなくて当たり前
おじさんを見てごらん
万年も生きてきたけれど
まだ悩んでいるんだよ

*

マスオさんは工場から帰ってきて
まずお風呂に入ります
それから夕食
ふたりで今日あったことをいろいろと話します
今度の休みはどうしよう
まだこどもはいないけど
できたら

もう少し広い部屋に引っ越したいね
そのときはカーテンも新しいのに替えたいな
こんなふうに
話し合っているだけで
わたしは幸せに思えてくるのですが
マスオさんはどうかしら

*

自転車に乗って
堤防の向こうの
渡しに乗って
初めて川向こうの町まで行った
大きな市場があって
映画館や
プラ模型屋もあって
うれしくて　どんどん先まで行って

帰り道が分からなくなった
必死に自転車をこいで
やっと川に出たときはもう暗くなっていて
涙が出そうになった
あんな冒険
それ以来したことないなあ
たしか小学校の五年のときだった

定年退職を迎えた日
お猪口についだお酒を飲みながら
カツオは
妻にそんな話をした

今とは違う所へ行きたくて
結婚後も　何度か
堤防を越え
渡し場まで

行っては引き返してきたことがある
というのは
胸に秘めたまま

＊

おまえは橋の下からひろってきたんだよ
と　こどもの頃
よく言われた
父からだったか
母からだったか
それとも祖母からだったか
よく覚えていないけど

ときおり
橋の下の草むらで泣いている
小さな自分の姿が浮かぶ

すぐそばに
川の流れる音がして
今もまだ
そこで
誰かを待ち続けているような
そんな気のするときがある

（註）本作は「サザエさん」の登場人物の名前を借りているだけで、原作とは何の関係もありません。

秋　小景

晩秋や青天走る白き船

＊

誰が置いたのか
公園のベンチにドングリがひとつ

そこへ
口数の少ない風が来て
落ち葉を一枚　のせた
そっと
こどもに
フトンをかぶせるように

ドングリは今夜
どんな夢を見るだろう

ぼくは
今夜どんな夢を見るだろう

*

子犬が
ぼくのにおいをかいでいます
くんくん
食べられるかな
と考えているようです

固いよ
食べたらおなかをこわすよ

そう言うと
子犬は驚いて逃げていきました
ドングリと話すのは
はじめてだったようです

＊

遠くから
犬がこちらへ走ってきます
そばまで来てとまり
見ると
口に風をくわえています
（どこかで見たような子ですが
　思い出せません）

ちょうだい

と手を出すと
おすわりをして
ぼくの手のひらにのせました

小さく丸められたその風を
ひらくと
声がひとつぶでてきました

　またいっしょに遊んでね

犬はしっぽをふって
こちらを見上げています

思い出しました
その子は
とても大切に思っていた子でした

今までどこへ行ってたの

抱き上げて
頬を寄せると
ぺろっとぼくの顔をなめ
消えました

いっぱいの笑顔を残して
消えました

＊

風を
ポケットにいれて帰りました

もう
ごめんね　の向こうから

夕焼けが
しずかに打ち寄せてくる頃でした

秋の朝

目が覚めて
ぼんやりと窓の向こうを見ている

木の葉がゆれているので
少し風があるのだとわかる

風にも手足があるのかな

ぼくの死ぬときにもそばに来て
頭をそっとなでてくれるかな

少なくなった髪の毛がゆれて
それに気づく人はいるかな

いいこ、いいこ

最後ぐらい
そんなふうにほめられて
この世から
そっと去っていけたらな

査定

死にました
はい、分かってますよ、こちらへ来られたんですからね
まずお名前は
はるのはるろう
お年は?
六十八歳
職業は?
年金暮しの詩人です
ご家族は?
妻ひとり
とワンコ一匹
あ、それから、実家に母と妹ひとりずつ
はい、確かに確認できました

生前の評価から
あなたはこちらのコースになります
右の奥へお進みください
暗い通路を
言われたとおりに歩いていくと
まわりが
どんどんせまくなっていく
そうして
もうこれ以上進めないと思ったところで
ぎゅっと
うしろから固い板のようなもので押さえつけられる
はさまれて
身動きできない
これからどうなるんだろう
と思っていると
目の前に
小さな値札が下りてくる

２６０円（税込）
お疲れ様でした
なんだこりゃ

Ⅱ

海の贈り物

海の贈り物

朝
まだ目ざめたばかりの
海を持って
君に会いに行く
いつか海へ行きたいと言っていた君に
これがあのとき話していた海だよ
って渡す
君は驚いた顔でぼくを見る
ほんもの？
もちろん！
そう言うと
君は笑顔になって
水平線のリボンをほどく

部屋はたちまち海でいっぱいになり
立ちつくす君の足もとへ
波が寄せていく
沖には白い船が浮かび
カモメもどこからかやってくる
あの島まで
泳いでいきたい　ふたりでいっしょに
君は遠くを指さし
ぽつりと言う
体力もつかなあ　とぼくは笑う
君も笑う
治ったらね　とぼくは言う
うん　と君はうなずく
そうして
それが
君と話した最後になった

この町で

眠れないままに明けた朝
本を閉じ
窓をあけると
あふれるみどりのあいだから
海が来て
となりにすわる

青く澄んだ
その波音を聞きながら
また昨日のように
君と過ごした日々を思い出す

さまざまな場所の

さまざまな景色やできごとが
次々と頭にうかぶ

でも
となりが海だから
どんなに楽しかった思い出も
すぐに
波のしぶきでぬれる

ぬれながら
同じ言葉が寄せては返す

　ずっといっしょにいたかった
　ずっといっしょにいられると思ってた

君のいた
この町で

失う

失うというのは
どういうことなんだろう

いつもそばにあったものが
とつぜんなくなってしまうこと

手を伸ばして　そのとき　ああもうここにはないんだと
気づくこと

ふたつあった椅子が
ひとつになってしまうこと

昨日まで触れていたぬくもりが

消えていくこと
形も色も匂いも
少しずつうすれていくこと

時計がとまり
うしろの時間だけしかなくなってしまうこと

失うということは

ポケットに手を入れて　はじめて
小さな穴に気づくこと

応答なし

パソコンの画面がとつぜん薄くなる
「応答なし」と表示が出て
まったく操作ができなくなる
こんなときは強制的に終了するしかないが

もしも
大切な人が
（べつに人でなくてもいいんだけれど）
同じように
とつぜん薄くなったら
どうしよう

強制終了なんてできなくて

ただうろたえて
ひたすら祈ることしかできなくて
でも
たいてい祈りは届かずに
「応答なし」のまま
終わってしまう

この世の長い散歩道
今朝も
空の広い画面に向かって呼びかける

　そちらではちゃんと動いてますか？

耳をすませば
青く澄んだ画面のどこからか
かすかに
返ってくる声がする

旅

寸又峡温泉にて

のぼりきった山の
展望台に立っていた
下には深い渓谷があり
川が流れていた

誰もいなかった

山の合間には
雲が浮かんでいたが
ポストに入れた手紙のように
二度と

ここには戻ってこない

過ぎ去って
二度と戻ってこない
ものの　ことを
考えながら
来た道を
帰っていった

紅葉には少し早い季節の中を

ジビエ

寸又峡温泉にて

宿の
腰の曲がったおばあさんが
夕食の料理の説明をしてくれた

魚はヤマメ
鍋はイノシシ
そうして
それは　ジビエ　と言った

ここで獲れて精肉したのを
分けてもらっているんですよ

上品で
やさしい口調の人だった

広い宴会場に客は二人だけ
六十前後の男性がひとりでビールを飲んでいた
常連客だろうか
おばあさんはそちらへ行って
何やら親しげに話していた

夕食の後
宿の温泉に入った

広い風呂場に
誰もいなかった

湯につかり
ぼんやりと今日のあれこれを思い返していた

頭のすみに
ふっとジビエが浮かぶ

腰の曲がったおばあさんの
口から出た
ジビエ

帰って調べたら
フランス語だった

帽子

大井川鐵道にて

神尾の駅には
タヌキが並んでいた

尾盛の駅には通じる道がない

列車はどんどん山の奥に向かって進む
眼下には深い渓谷
落ちたら
確実に死ぬような

窓から
身を乗り出して

前の座席にすわった女性が写真を撮っていた
四十代半ばぐらいの
きれいな人だった
かぶった帽子が風に飛ばされないかと気になった

秋の一人旅

終着駅から列車を乗り換えて
また元来た方へと戻る

女性はひとり湖上の駅で降りた

頭の上に
帽子はあった

海のポスト

　春を過ぎ、夏の少し手前の駅に着く。誰も下りる人のない無人の改札を出て、ひなびた漁村を海へ向かって歩く。黒い影の刻まれた道がまっすぐ続く。タバコ屋、郵便局、理髪店……。ぽつんぽつんと店はあるが、どこにも人影はない。民宿と書かれた家の扉の向こうに大きな柱時計が見える。振り子は止まったまま。白い骨。音のない午後。空き地の生い茂った草が静かな寝息を立てている。

　表通りを左に折れ、狭い路地に入る。石畳の道を下っていくと、やがて海が見えてくる。潮の香が強くなる。路地を抜け、石段を下り、砂浜を歩くと、じゃくじゃくと音がする。

　しっぽをふって犬がかけてくる。

　そんな切手を貼って、海のポストに入れる。

　打ち寄せる波に濡れながら、言葉は遠くへ運ばれていく。

雨の古寺

雨の打つ古寺の池
近づくと
口をあけ
たくさんの鯉があつまってくる

ぱく　ぱく
　ぱく　ぱく
　　ぱく　ぱく
ぱく　ぱく

ごめんね
なにもあげられるものがないんだよ

千年前も
同じことを言っていたような……
雨の降る
この池のほとりに立って

もう誰からも
必要とされなくなったと思えるような
きもちの沈んだ日

口をあけ
寄ってくる鯉を見ながら
千年前の自分と（たぶん）同じように
次は何か持ってきてあげようと
思いながら
六月の
雨の降る古寺をあとにした

Ⅲ　ひらがなの朝

空　遠く

二〇一九年五月十七日　ホッピー昇天

大好きだったのに
ぼくのワンコが死んじゃった
毎日いっしょに散歩して
いっぱい　いろんなところへも行ったのに
病気になって
歩くことも
食べることもできなくなって
死んじゃった

犬の十五さいは
人間で言えば八十さいぐらいだと
お父さんは言うけれど

死ぬって
どういうことなんだろう

毎日の散歩がなくなって
帰ってきても
走って飛びついてきてくれることもなくなって
おはようや
おやすみも　なくなって

それでも
毎日　同じように時間はすぎて

五月の晴れた日

大好きだった
ぼくのワンコが死んじゃった

初夏の散歩道

この道を
ぼくごと
天国へ持っていけたらなあ
病みおとろえて
もう一歩も歩けなくなっていた君も
そこではすいすい歩けて
散歩ができる
いつもと同じ道だから
君はいつもと同じところで立ち止まり
いつもと同じところを曲がる
交差点
飛び出したらあぶないよ
その草、おいしい？

そっちはダメ
なんて言いながら
初夏の美しいみどりの中を
ふたりで歩く

君は元気だった頃のように
ぼくをひっぱって
先へ先へと進む
どんなに歩いても
元の家には
永遠にたどりつかない道を
ただ前に向かって進む

歩きながら
ときおり振り向いて
君は
あの夏の日と同じように

ぼくに言う

　ずっと　ずっと　いっしょだよ

しっぽをふって
こんなにうれしそうなのに
どうして
ぼくの目から
涙があふれてくるんだろう

虹の橋

二〇二〇年一月十日　コッコ昇天

火葬の間の待ち時間
表に出ると
空に
大きな虹がかかっていた

愛されていた動物は
死ぬと
虹の橋へ行くという

それで虹を作ってくれたのかな
燃えさかる火の中から
魂だけ抜け出して

今ここにいるよ
とぼくに
教えてくれるために

君は笑顔だね
元気だったときとおんなじように
しっかり四つの足で立って
パパー
と呼んでるみたい

そっちへ行くことができたらなあ
行って
橋の上からこちらへ
連れてくることができたらなあ

散歩？

って君はうれしそうにぼくに聞く
ぼくは手を伸ばし
いいこいいこ　と
頭をなでる
ごめんねやありがとうやどうしてや　いっぱい
心の中で言いながら
君の
小さな頭をなでる

突然思い出した

好きだった女の子
転校生だった
小学校六年生の時
隣のクラスにやってきて
どきどきしながら見つめてた
好きだったのに
一度も話せないまま
卒業後、またどこかの町へ引っ越していった

(今頃どうしているかな……)

夜中にひとりお酒を飲みながら
たったの一年もいっしょにいなかったその女の子のことを

突然思い出した

父と母と祖母と妹と
一家五人が丸いお膳を囲み
笑っていた
そんな光景も
なぜかいっしょによみがえってきた

世界はひかりにあふれ
朝毎にまっさらなページが終わることなく開き続けていくと
ただただ信じていたその頃を
どうしてか

突然思い出した
大好きだったこどもが次々と亡くなって
とうとう
妻と二人っきりになってしまった夜に

ＡＴＭ

横に来て
おやつをちょうだい
とねだる
ダメ
もっとごはんを食べてから
そう言うと
両手を伸ばし飛びついてくる
いや、ちょうだい
ダメ
いやー、ちょうだい
そのくりかえしにとうとう根負けをして
おやつをあげる
ＡＴＭやね

と横で見ていた妻が笑う
押したら出てくる
という意味らしい
妻には同じようにしない
こっちなら
強く押せば出てくると読んでいる

そんな
かしこい犬だったのに……

春先の寒い午後
ＡＴＭは
部屋にぽつんと坐り
思い出している
あの子が元気に飛びついて来た日々を
おやつの袋を
前に置いたまま

喪春

散歩に行くよ
そう言って扉をあけると
外は
春のまっさかり

ユキヤナギ
レンギョウ
コブシ
サクラ……

きれいだね
そう言いながら
もう誰の目にも映らない君と

春があふれる道を
いっしょに歩く

君は跳ねるような足取りで
先へ先へと進む

一年前の春も
二年前の春も
もっと前の春も
こうして
いっしょに歩いていたのに

どうしてなんだろう

　もう歩けない
　ごめんなさい

そう言って
君はいってしまった
春が来る前の
この道で

笑顔がいっぱい

ころんと音がして
ふりむくと
笑顔がひとつ落ちていた
ひろって
土をはらって
ポケットにしまう

歩きだすと
またすぐに音がする
道のあちらこちらで
ころんころんと音がする

つぎつぎひろっているうちに

ポケットの中は
笑顔でいっぱいになる

とりだして
陽にかざすと
宝石のようにきらきら光る

そうして
すぐに消えていく

いつもいっしょに歩いていた散歩道
今　春の
ひかりの中を
ひとりで歩いていると
道の
あちらこちらで
ころんころんと君の鳴らす音がする

ひらがなの朝

時間を言えば
いつも
時間通りに起こしにきてくれる
顔をぺろっとなめて
起きる時間ですよー
って

初夏の朝
カーテンのすきまから
明るい陽がさしこんで
まだ寝ぼけ眼のぼくに
君は

しっぽをふって
満面の笑みで　おはよー
と言う

おはよー
とぼくも君に言う

やわらかな
ひらがなの朝

もう遠くへ旅立ってしまった君と
ひととき
夢の出口で過ごす

遠くはなれても
思い続けていれば　きっと
いつでも会える

雨のアルバム

アルバムを
ひらいて
めくっていれば
アルバムの中は雨になる

初夏の美しい高原や
夏の終わりの海
紅葉の寺や
初詣での神社
積もった庭の雪の中……

どの写真でも
君は笑っているのに

君へのばした指先は
雨に濡れて
消えていく

もう一度会うことができたらなあ……

そんな
決して
かなわないことを思いつつ

君のいたアルバムを
ひらいて
めくっていれば
今日も一日
濡れそぼって過ぎて行く

雨の朝

雨の字は
じっと見ていると
なんだか
今にも泣き出しそうにしている人の
顔に見えてくる

屋根の下
４つのしずくが
２つずつ隣同士の部屋にいて
互いに
こまったね　なんて言いながら
どうしようもなく
降り続けているような

それに濡れないように
さした傘の中にも
4人いて
やっぱり間を壁で仕切られていて

どうしてなんだろう
どうしてふたりずつなんだろう

昨日まで4人でいたのに
ふたりになった
そんな日のことを
ふっと思い出した朝は

雨の字が
なんだか今にも
泣き出しそうな顔に見えてきて

雨の日は

窓の外は雨

庭の草木を
にじませて

　よく降るね

となりには
いつのまにか　こどもたち
ちょこんとすわり
どのこも
だまって　窓のむこうを
ながめている

ごはんは食べた?
しーはした?
そっちはだめ
どっちどっちどっち

つぎつぎと
よみがえってくる日々を
雨は
しずかにぬらし

雨は
しずかに降りつづき

ながめていれば
ひとり消え
ふたり消え

やがてみんな
雨に　にじんで
消えて

等高線

朝おきて
歯をみがいて
ごはんをたべる

コーンフレークとミルクとバナナ
その前に
ちょこっと体操なんかもして

毎日
同じことのくりかえし
それでも
こころの等高線は日々かわり

今日はなんだか湿地帯
足をつければ
今にも沈んでいきそうで……

こんな日は
君に会えたらなあ

ぬれた足をひきぬいて
坂道をのぼって
君のいる
空の奥の扉をノックして
そこから
もしも君が出てきたら

そうして
出てきた君の
あの日と同じ笑顔を見たら

うれしくて
また
泣いちゃうかもしれないけれど

雨の記憶

白い画面
青い画面
ワンコの画面
あの子の画面

眺めていれば
今日もしとしと降ってくる

とめどなく
そぼふる雨に
ワンコもあの子も濡れている

何万年前かの洞穴《ほらあな》で

どうしよう
今日はやめようか
うーん
濡れるのはいやだしね

なんて言っていた
太古の記憶もよみがえり

そばにいるワンコと　あの子をぎゅっと
抱きしめれば

あの日の洞穴が
今朝の
雨の中　散歩をいやがる子犬の
玄関になる

あとがき

夢を見た。

職場に新品のノートパソコンが入った。忙しくてずっとほったらかしのままだったが、仕事も落ち着いたし、そろそろ使えるようにしなければ。面倒だけど、それが自分に課せられた仕事だからやるよりほかにない。

今日は天気もいいし、どうせなら外でしよう。

外は海辺のリゾート地。海岸にはパラソルのかかったテーブルが並んでいる。そのひとつに腰を掛け、パソコンを置く。振り向くと、しゃれたショッピングモールが見える。まだ急ぐことはない。ちょっと行ってみよう。

いろんな店が並んでいる。のぞきながら歩いているうちに、パソコンを置き忘れてきたことに気づく。しまった、すぐに取りに戻らなければと、出口へ急ぐ。迷路のような施設の中、いくら歩いても出口が見つからない。

歩きまわっているうちに、テーブルに置かれた黒いノートパソコンを見つける。見つかった、と思って手に取ると、近くにいたおばさんが、それはわたしのです、と厳しい目付きで僕に言う。そう言えば自分のパソコンは白だった。

あやまって、また探して歩く。

やがて高台のテラスに出る。正面に海が見える。

とつぜん波が大きく引いて、海岸に並んだテーブルが現れる。

さっきは潮が引いているときで、歩きまわっているうちに満潮になったのだと気づく。

テーブルを覆い隠すほどの大きな波が引いては寄せている。

海中に攫われたかもしれない。もし運よくテーブルに残っていたとしても、もう使いものにならなくなっているだろう。

どうしよう。

と思ったところで目が覚めた。

夢でよかったとほっとする。

そうしてしばらく夢の出口でまどろんでいた。


本書は二〇一七年から二〇二一年初めまでに書いた作品を収めている。

この四年ほどの間に大切なものを立て続けに失った。

こちらは、夢でよかった、とはならなかった。

今もまだ夢の中にいるような気がするときがある。

二〇二一年　初夏の高原にて　　　高階杞一

初出一覧

ちょうちょ	QUARTETTE　カルテット	二〇一七年四月二十二日
Ⅰ　春の足し算		
春の足し算	ガーネット　VOL.87	二〇一九年三月一日
朝の会話	交野が原　86号	二〇一九年四月一日
クギヌキさん	ガーネット　VOL.89	二〇一九年十一月一日
桃の花	ガーネット　VOL.90	二〇二〇年三月一日
句点をつけて	ガーネット　VOL.83	二〇一七年十一月一日
フタ	別冊・詩の発見　17号	二〇一八年三月二十二日
サザエさんの日々	ガーネット　VOL.84	二〇一八年三月一日
秋　小景	ガーネット　VOL.92	二〇二〇年十一月一日
秋の朝	ガーネット　VOL.83	二〇一七年十一月一日
査定	GATE　29号	二〇一九年十一月二十九日
Ⅱ　海の贈り物		
海の贈り物	ガーネット　VOL.85	二〇一八年七月一日
この町で	ガーネット　VOL.85	二〇一八年七月一日
失う	交野が原　85号	二〇一八年九月一日
応答なし	ガーネット　VOL.88	二〇一九年七月一日

旅	ガーネット　VOL.86	二〇一八年十一月一日
ジビエ	ガーネット　VOL.86	二〇一八年十一月一日
帽子	交野が原　87号	二〇一九年九月一日
海のポスト	びーぐる　44号	二〇一九年七月二十日
雨の古寺	びーぐる　40号	二〇一八年七月二十日

Ⅲ　ひらがなの朝

空　遠く	しんぶん赤旗	二〇一九年十月二十八日
初夏の散歩道	ガーネット　VOL.88	二〇一九年七月一日
虹の橋	交野が原　88号	二〇二〇年四月一日
突然思い出した	ＰＯ　177号	二〇二〇年五月二十日
ＡＴＭ	抒情文芸　174号	二〇二〇年四月十日
喪春	ガーネット　VOL.90	二〇二〇年三月一日
笑顔がいっぱい	月刊　ココア共和国　創刊号	二〇二〇年四月一日
ひらがなの朝	読売新聞（夕）	二〇二〇年五月二十九日
雨のアルバム	交野が原　90号	二〇二一年四月一日
雨の朝	交野が原　89号	二〇二〇年九月一日
雨の日は	ガーネット　VOL.91	二〇二〇年七月一日
等高線	ガーネット　VOL.93	二〇二一年三月一日
雨の記憶	ガーネット　VOL.93	二〇二一年三月一日

高階杞一（たかしな・きいち）
1951年　大阪市生まれ。
1975年　大阪府立大学農学部園芸農学科卒。
主な著作
詩集『キリンの洗濯』（第40回H氏賞）『早く家《うち》へ帰りたい』『空への質問』（第4回三越左千夫少年詩賞）『いつか別れの日のために』（第8回三好達治賞）『千鶴さんの脚』（第21回丸山薫賞）『水の町』『夜とぼくとベンジャミン』『空から帽子が降ってくる』（松下育男との共著）『高階杞一詩集』（ハルキ文庫）他
詩画集『星夜《せいや》　扉をあけて』（絵・浜野 史）
散文集『詩歌の植物　アカシアはアカシアか？』
共編著『スポーツ詩集』（川崎洋・高階杞一・藤富保男）。
戯曲「ムジナ」（第1回キャビン戯曲賞入賞）「雲雀の仕事」他
所属　日本現代詩人会、日本文藝家協会、日本音楽著作権協会（JASRAC）

ひらがなの朝
二〇二一年七月七日発行
著　者　高階杞一
発行者　松村信人
発行所　澪標《みおつくし》
大阪市中央区内平野町二-三-十一-二〇三
TEL　〇六-六九四四-〇八六九
FAX　〇六-六九四四-〇六〇〇
振替　〇〇九七〇-三-七二五〇六
印刷製本　亜細亜印刷株式会社
DTP　山響堂 pro.